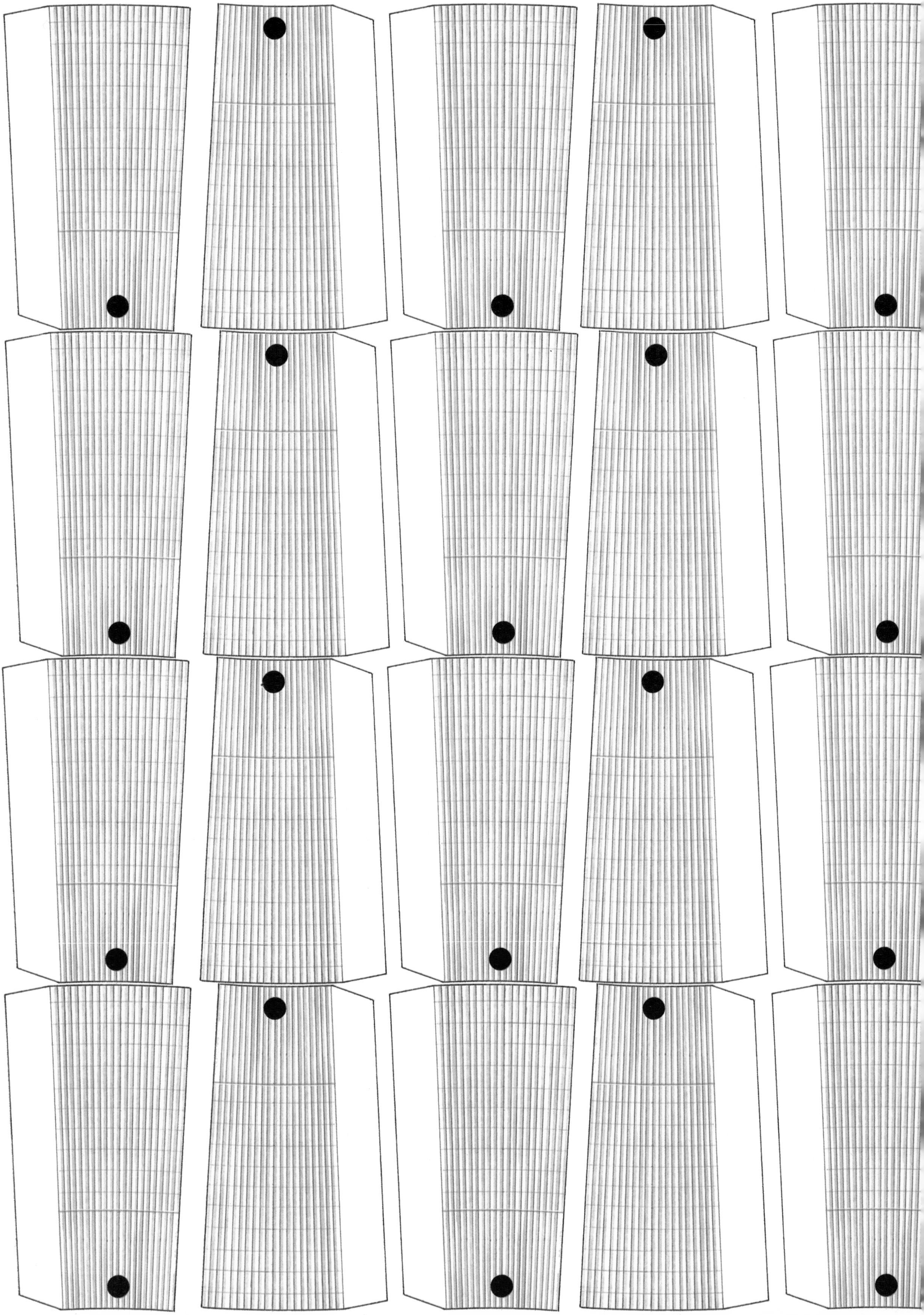

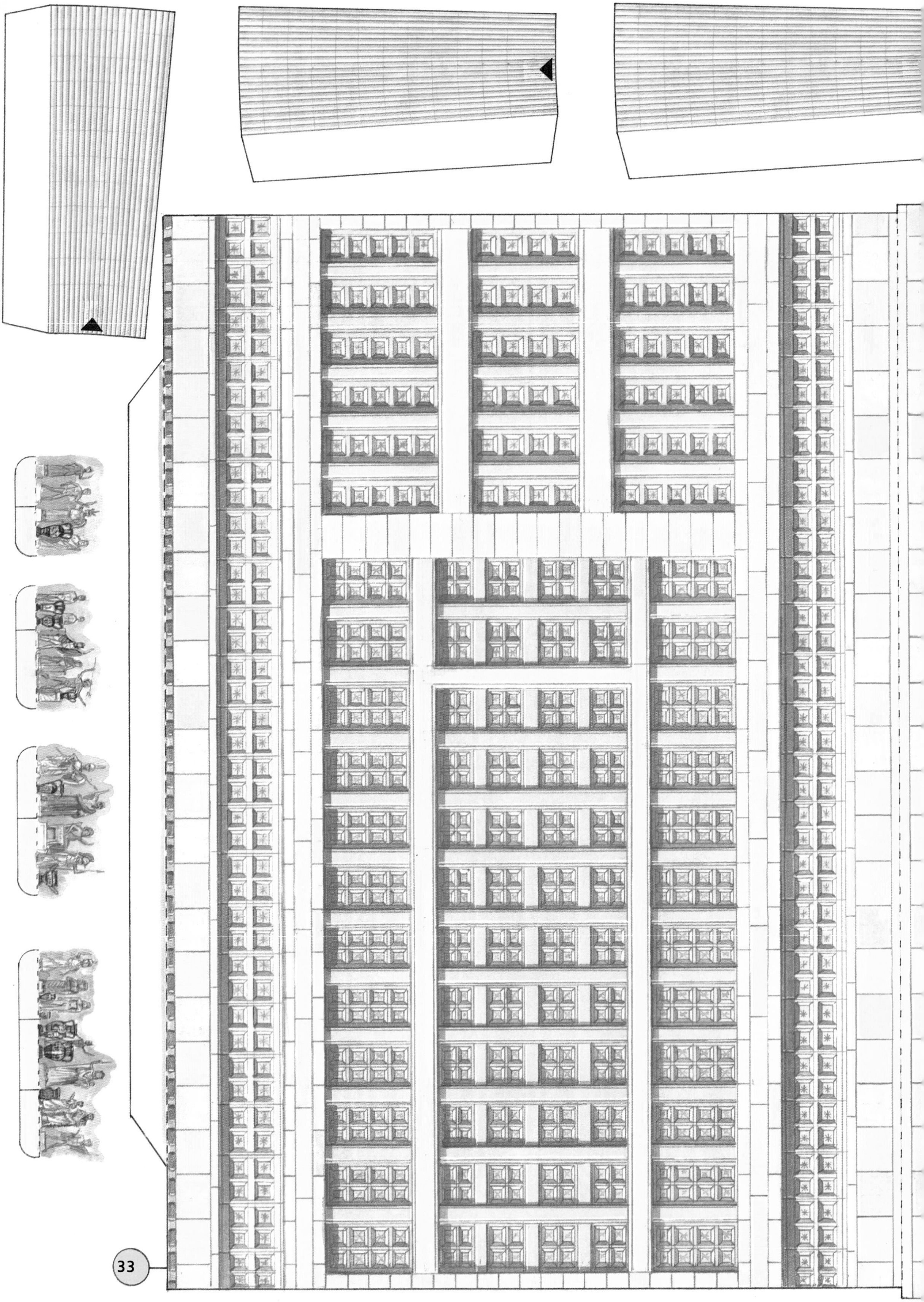
33

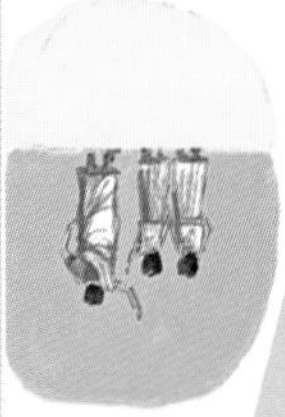

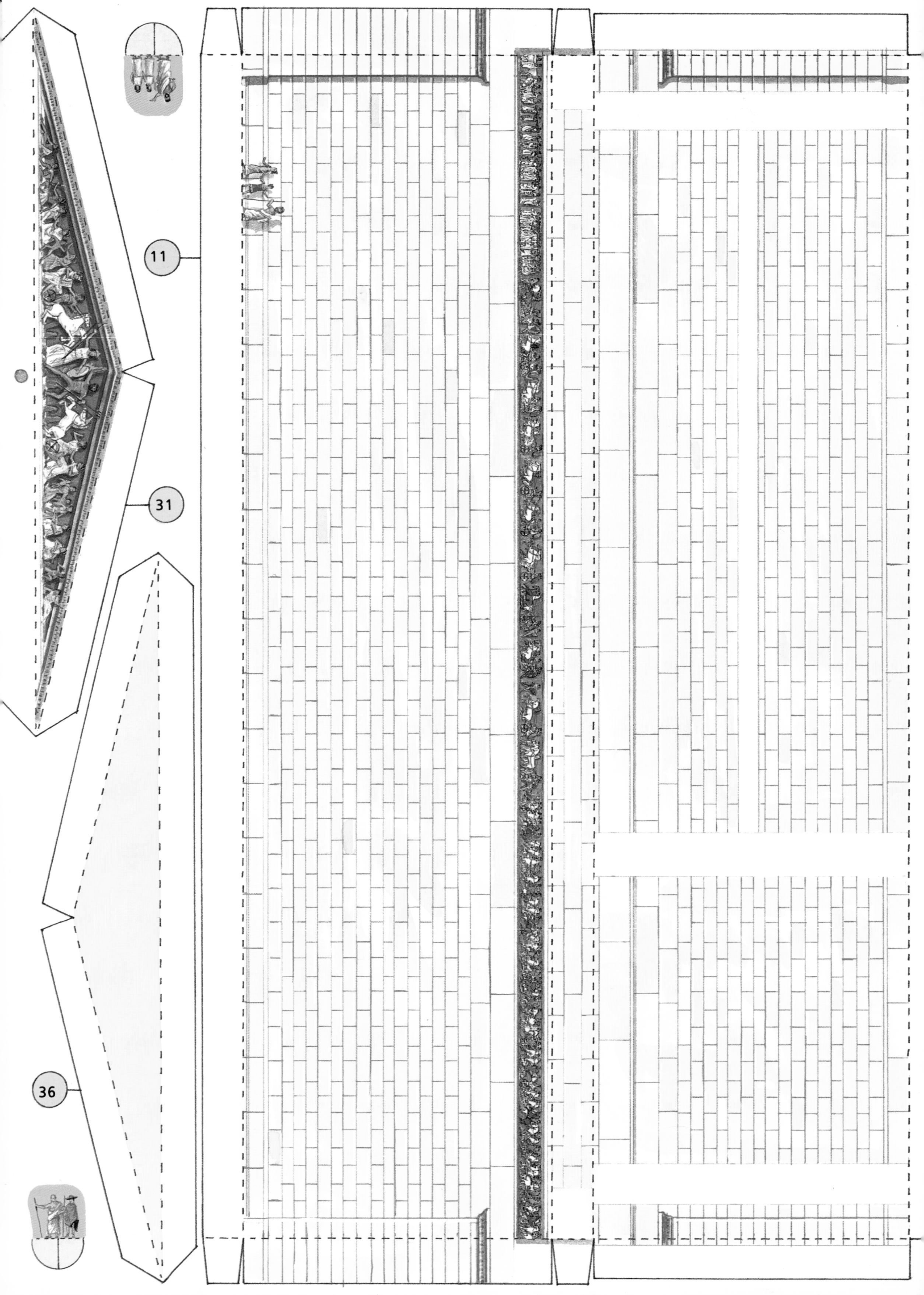
11
31
36

27

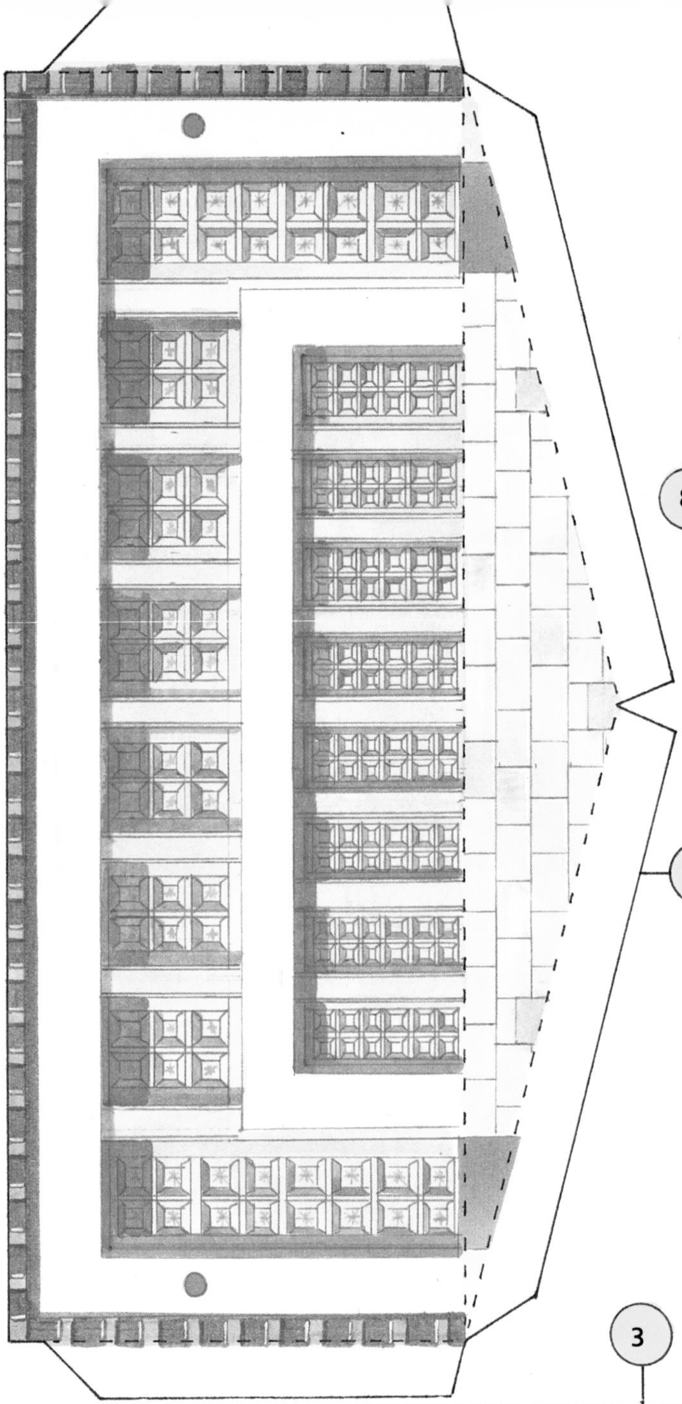

8

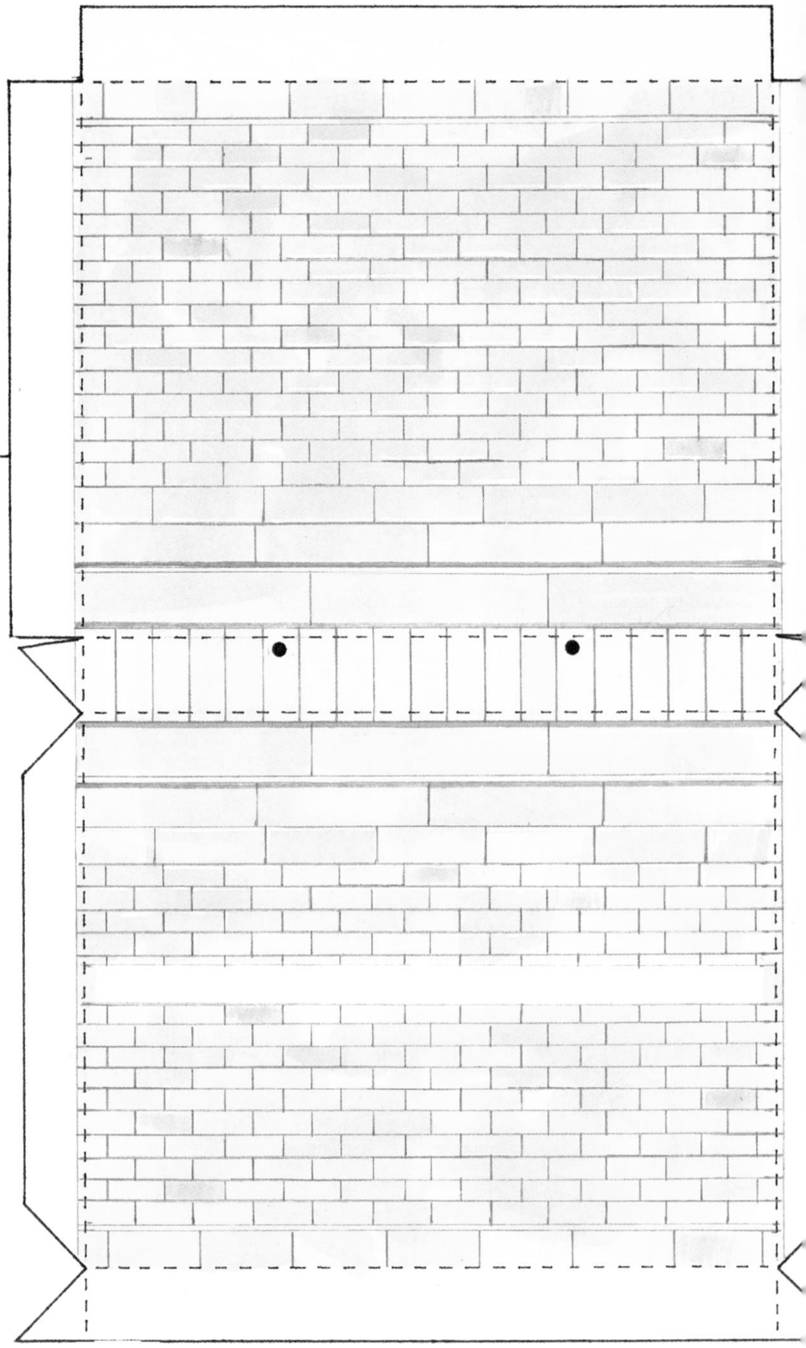

3

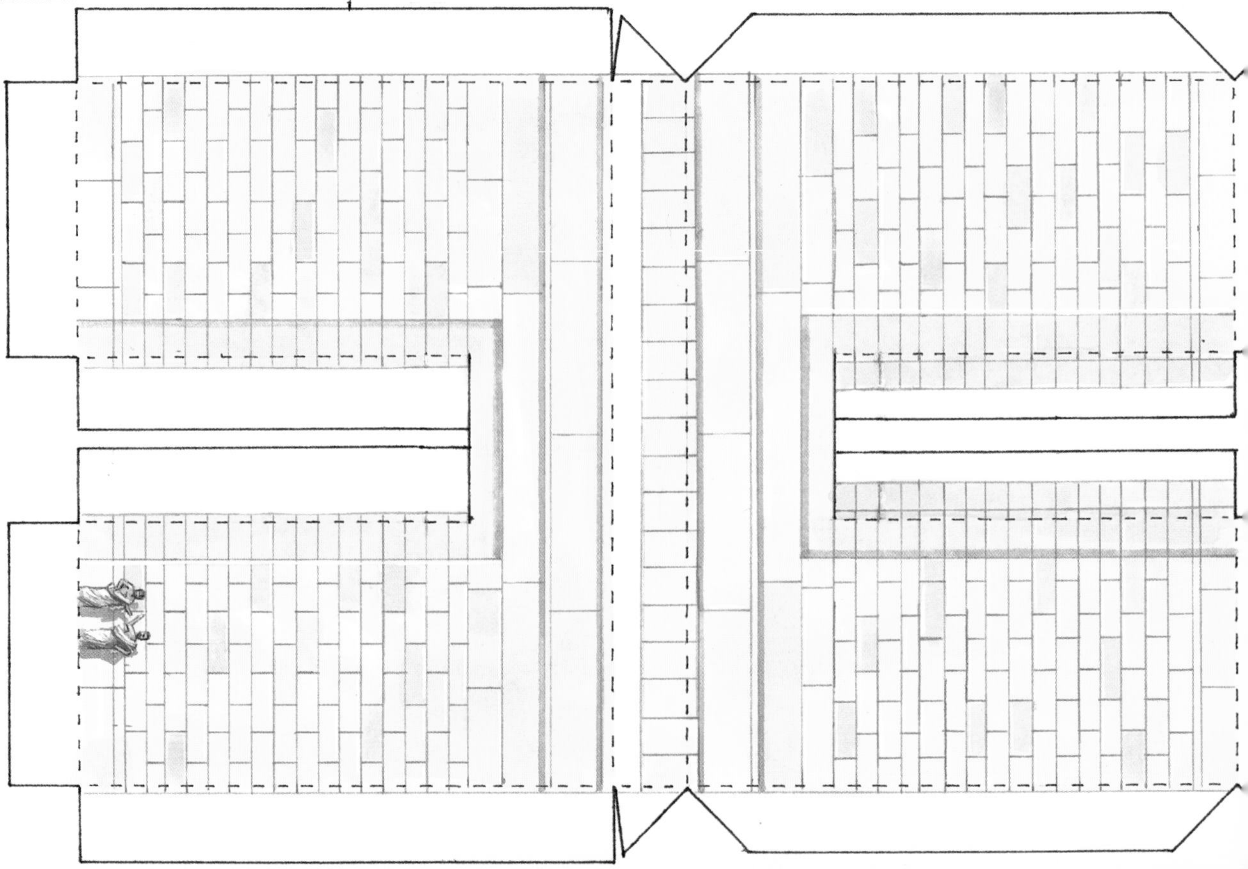

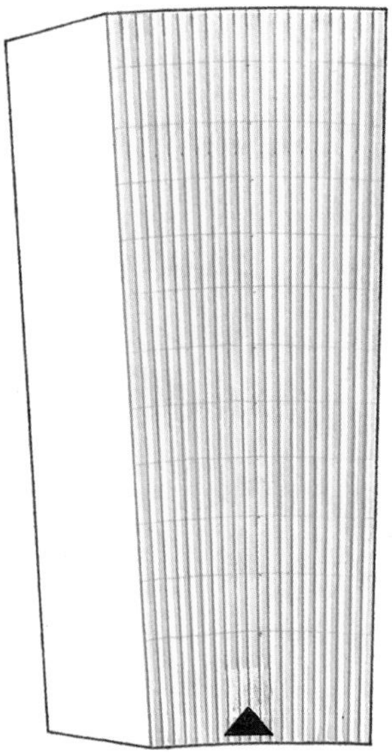

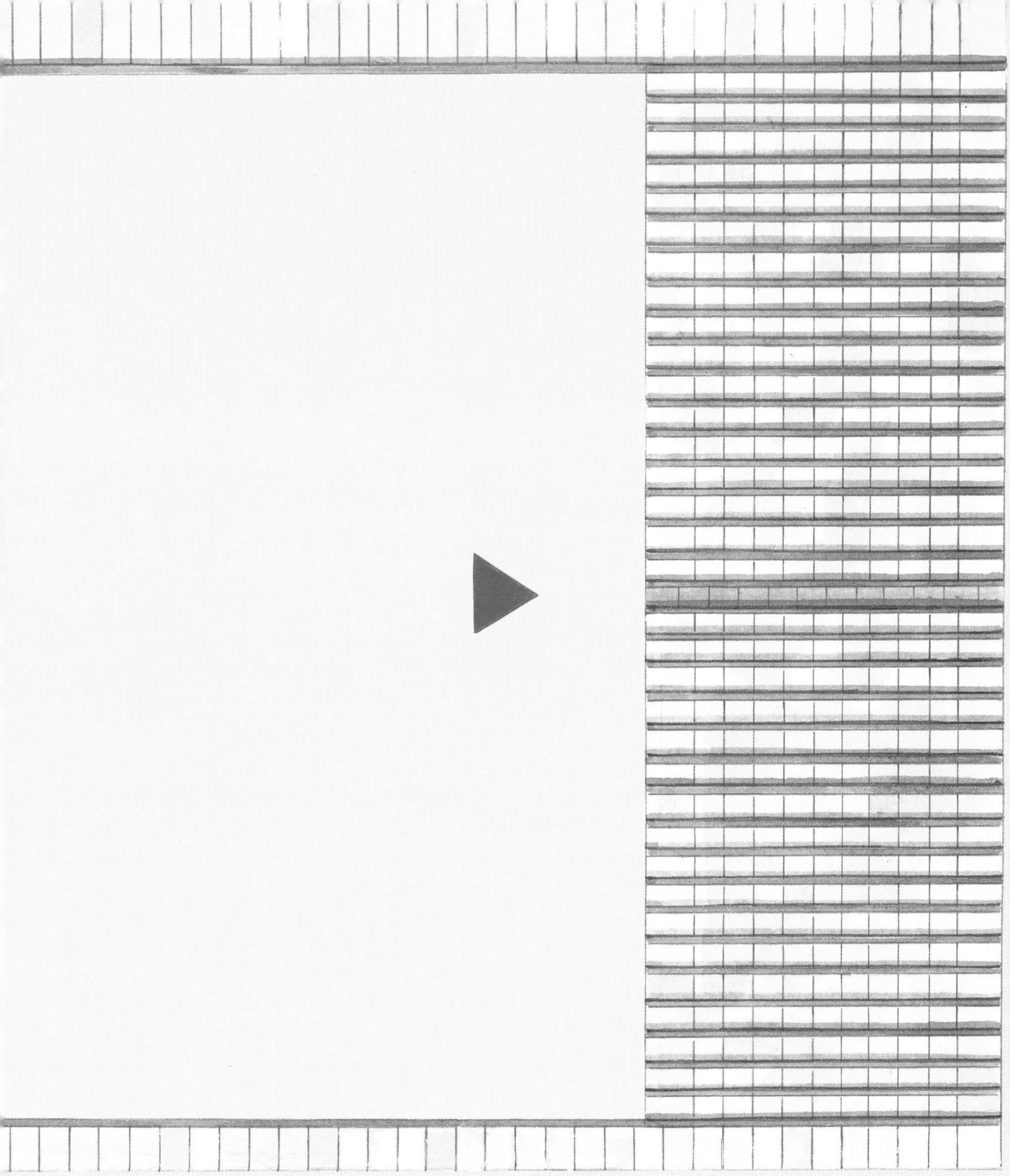

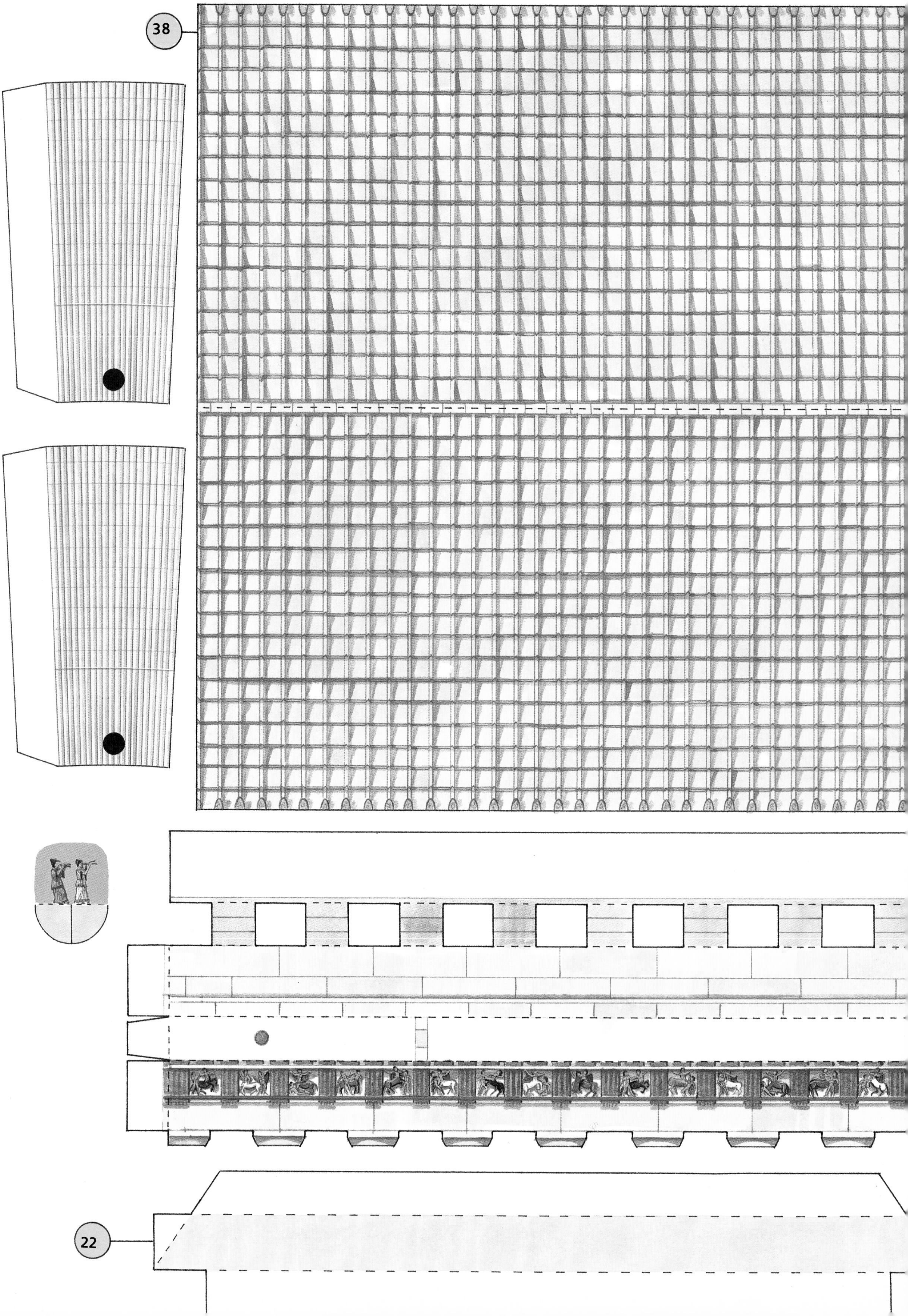
38
22

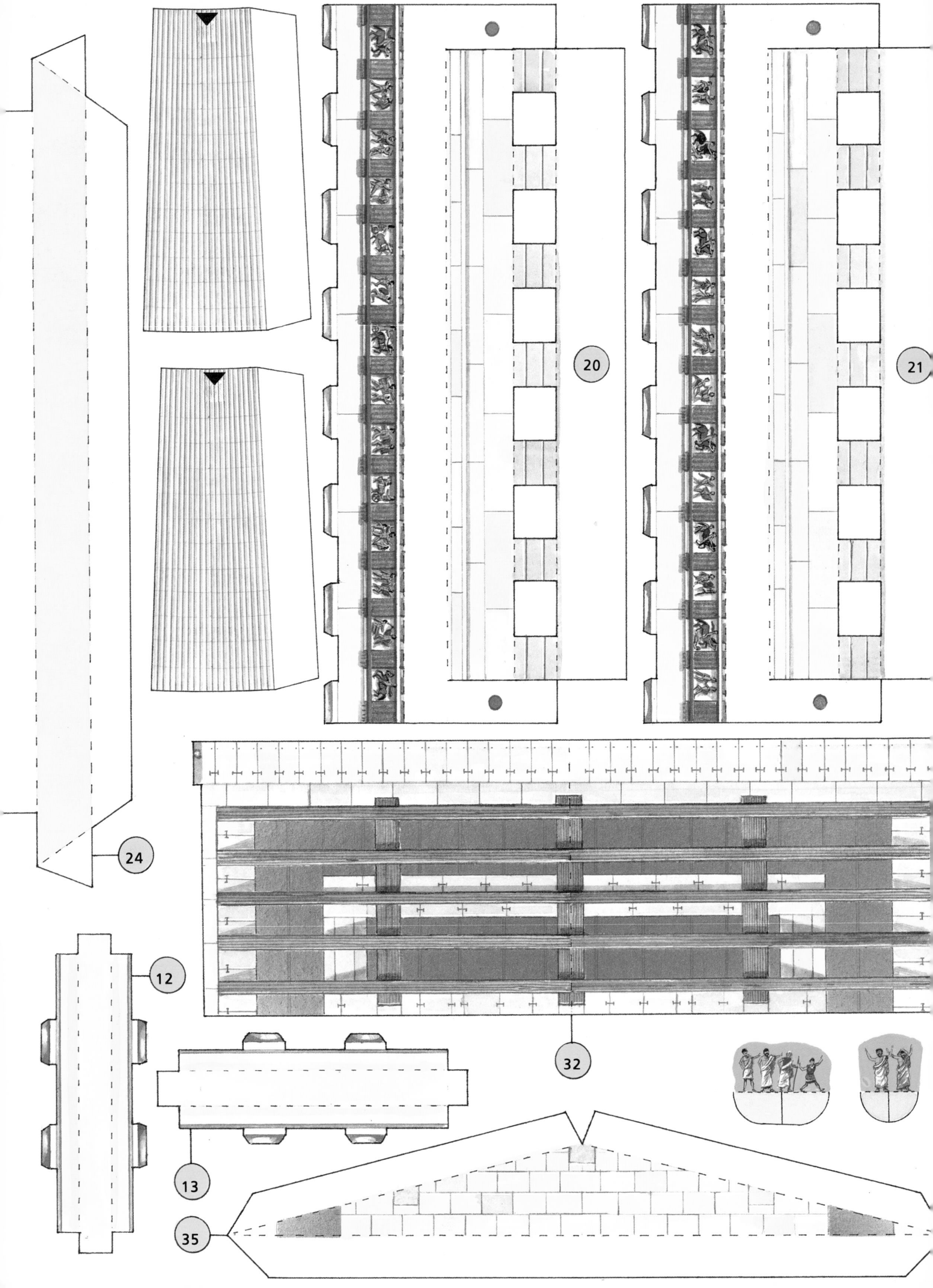
20
21
24
12
32
13
35

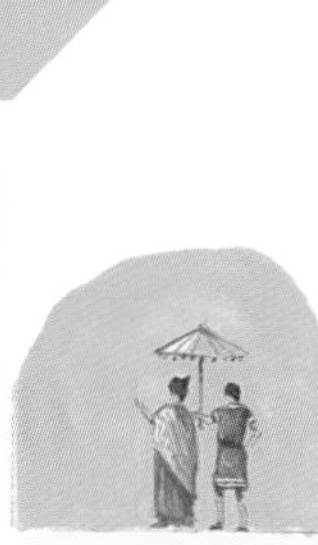

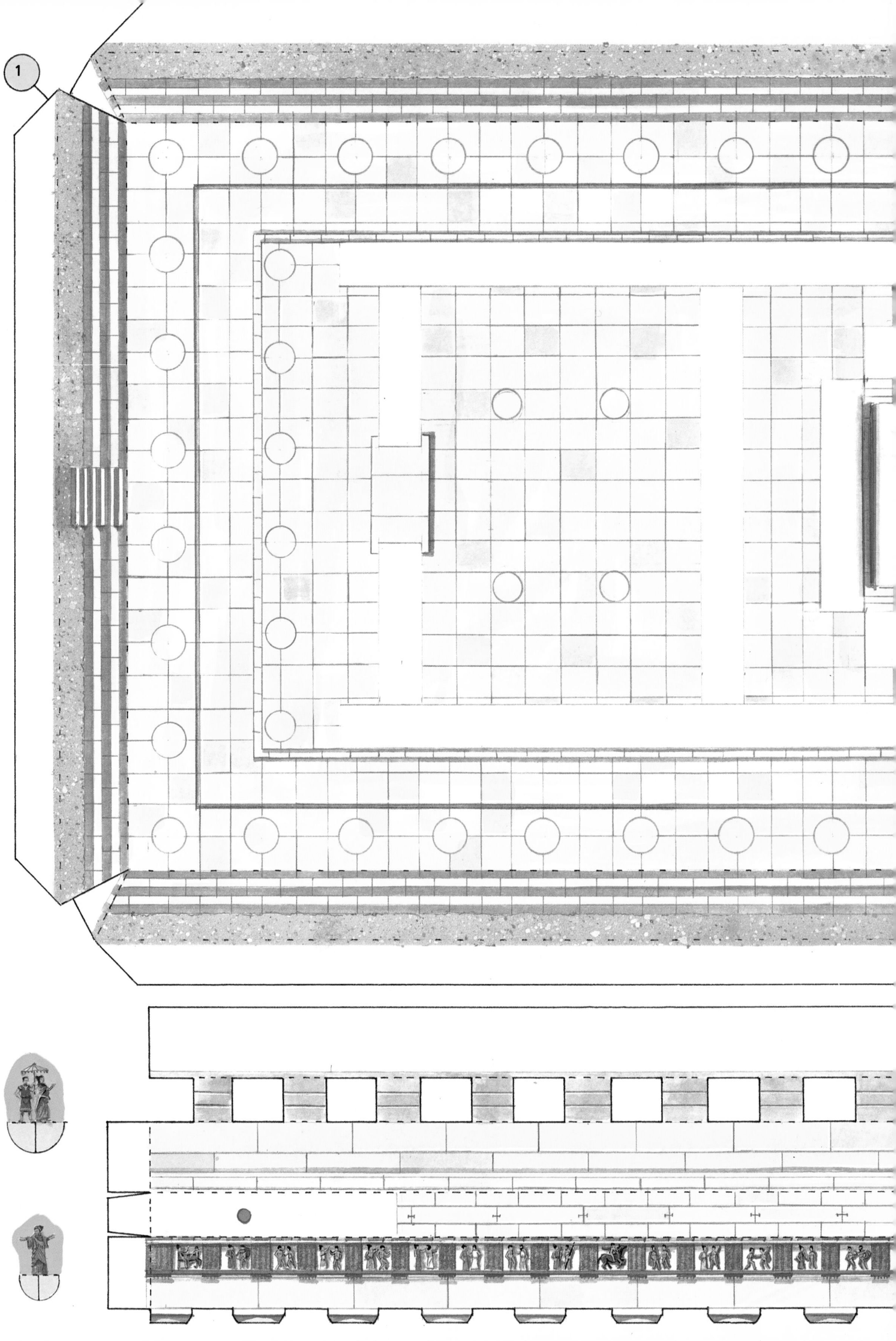
1

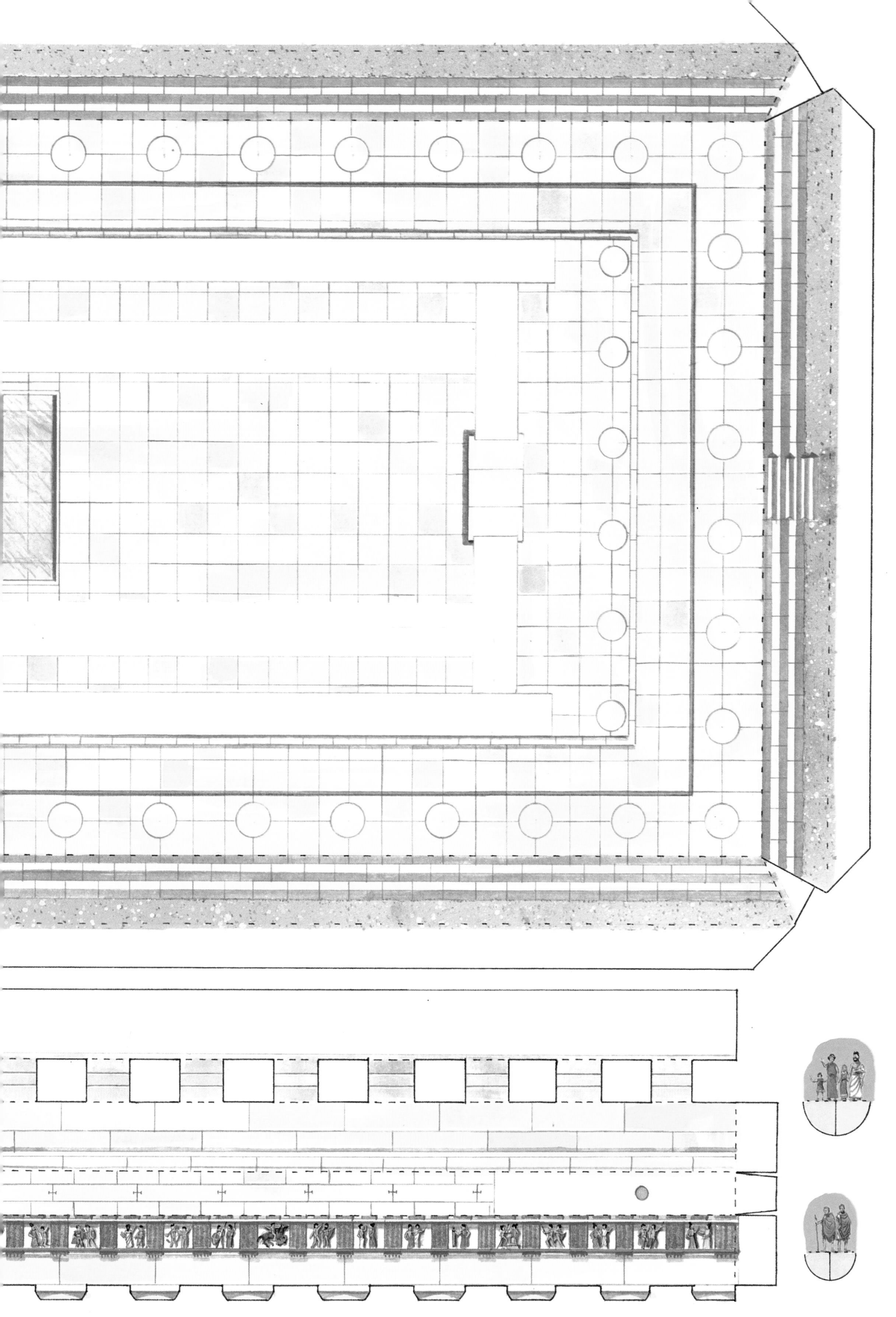

4
10
16
7
17
25
6
5

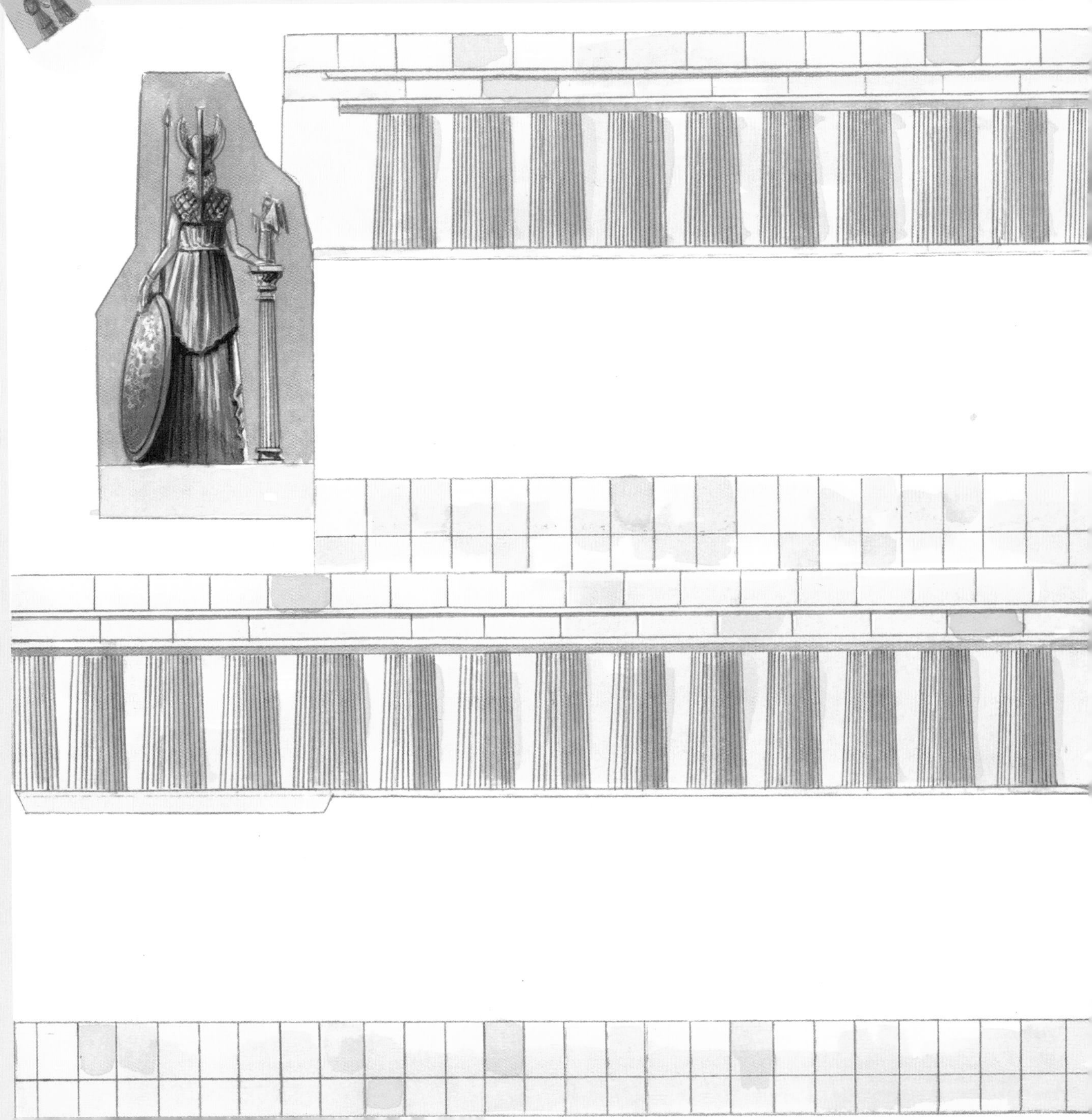

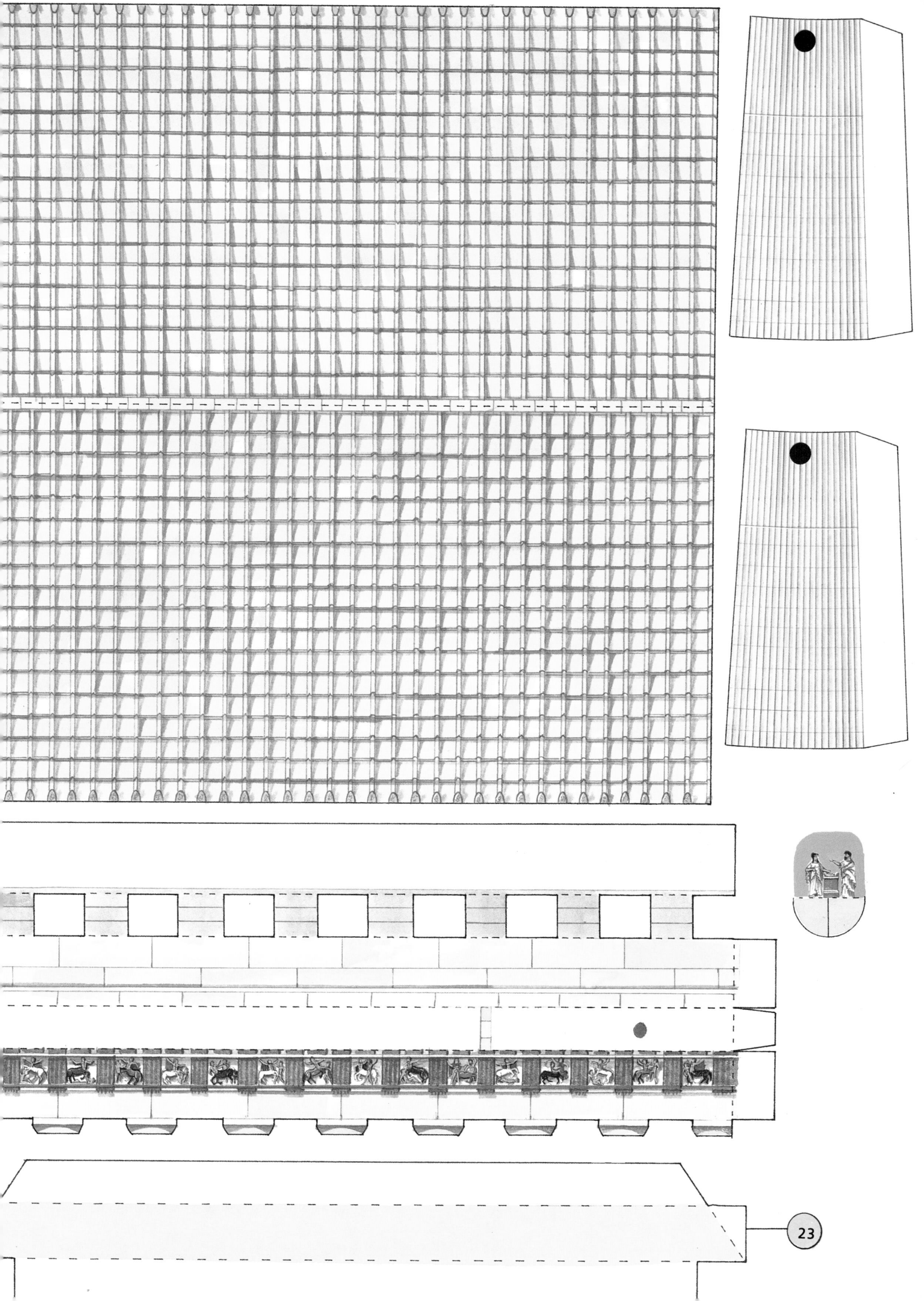
23

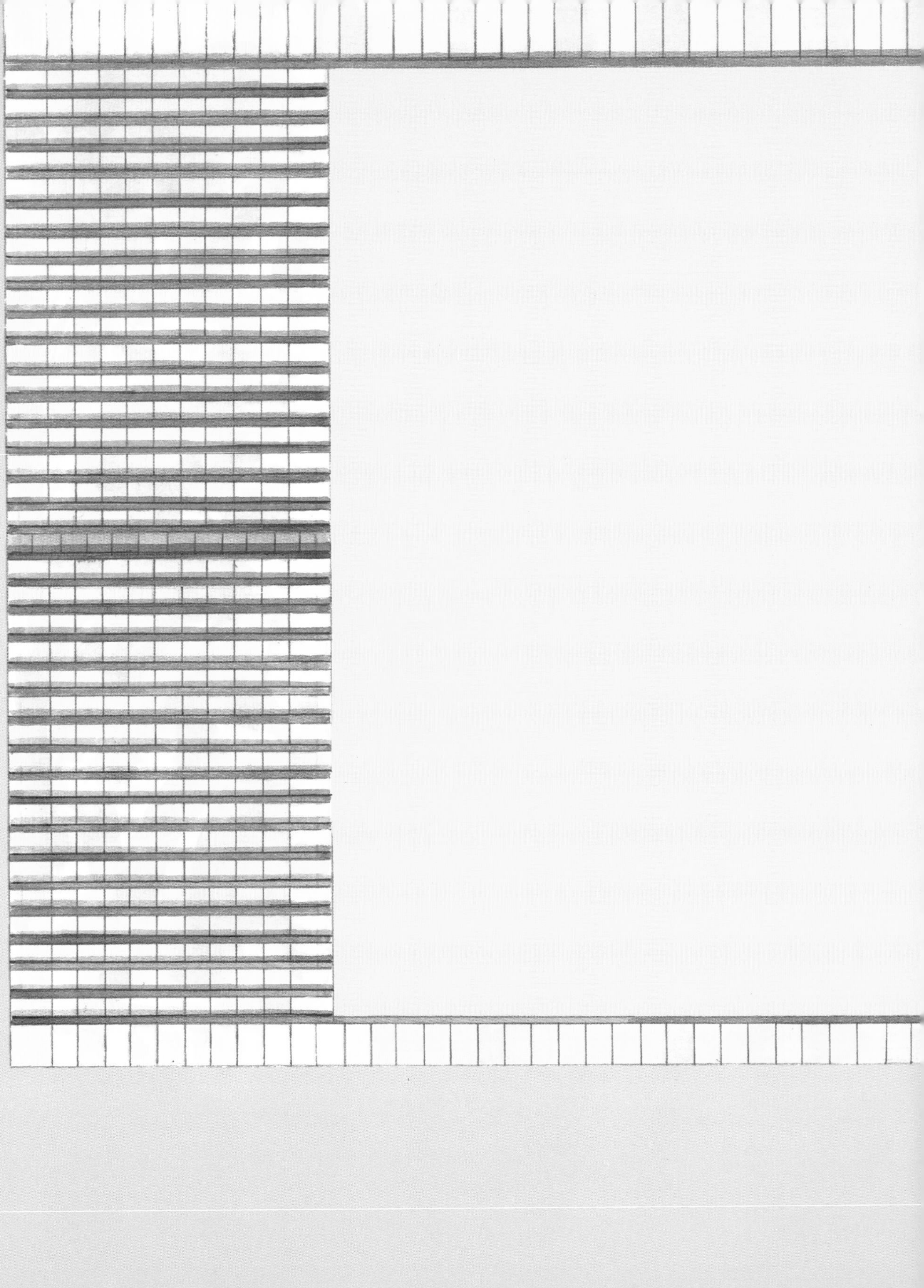

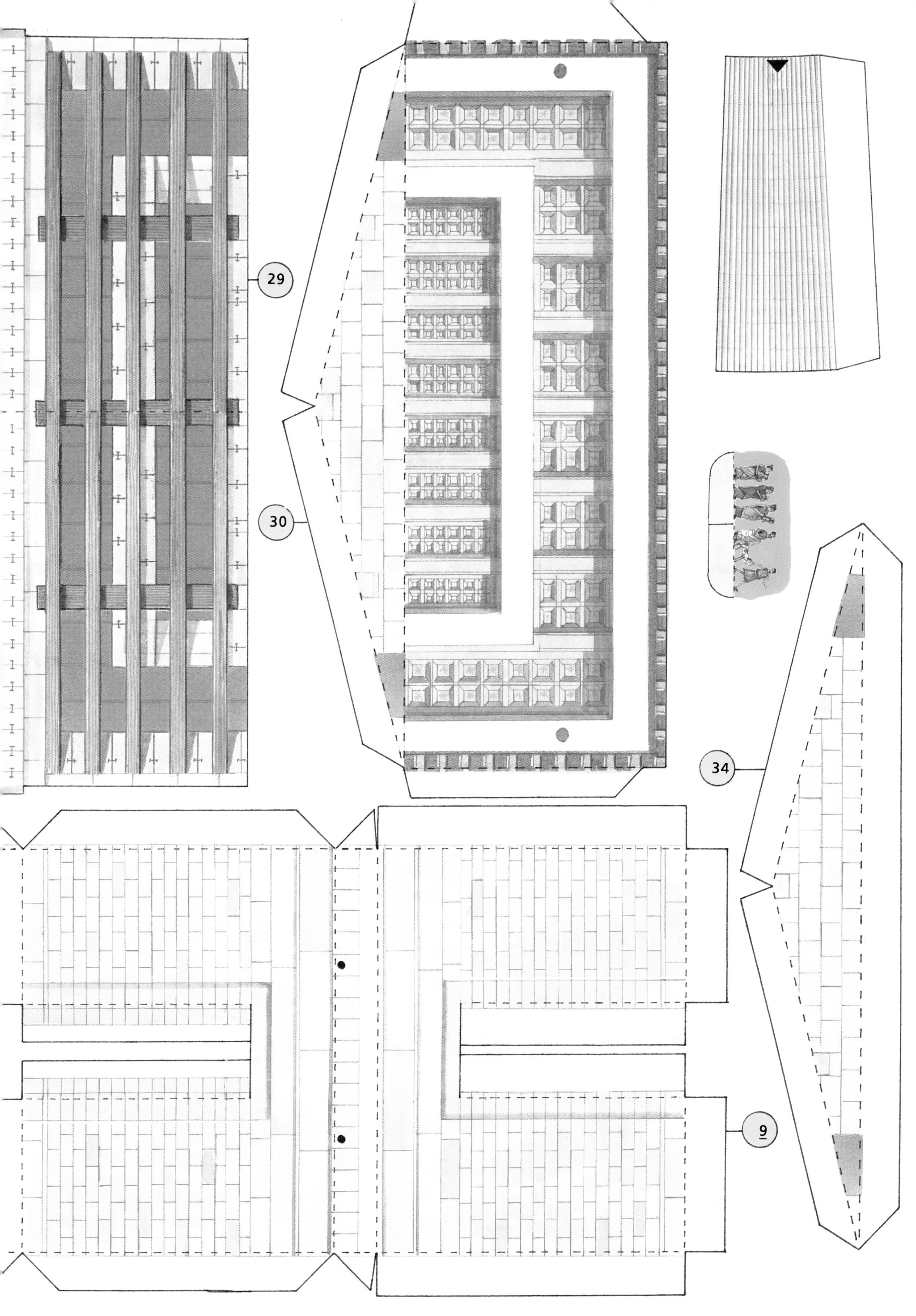
29
30
34
9

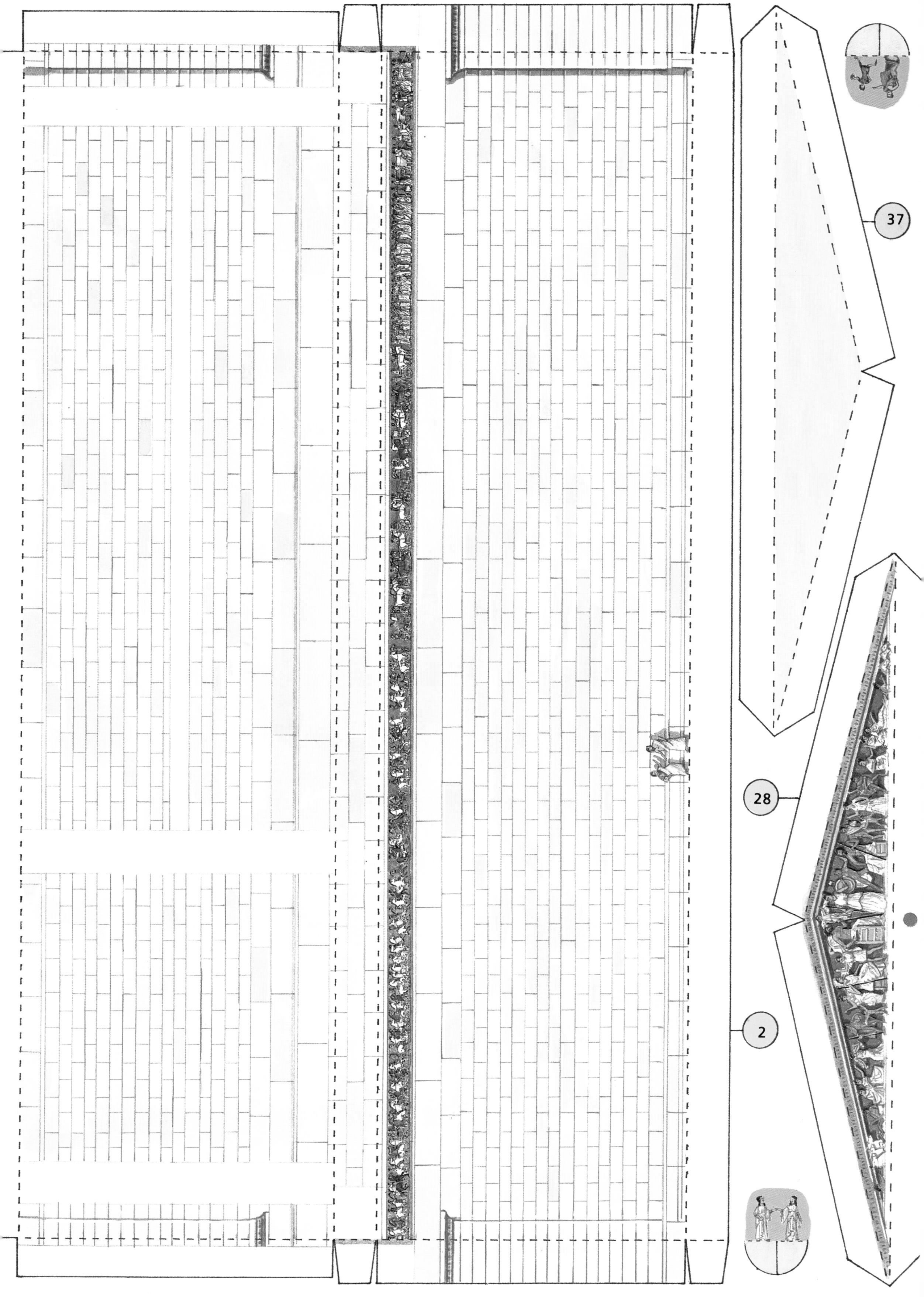
37
28
2

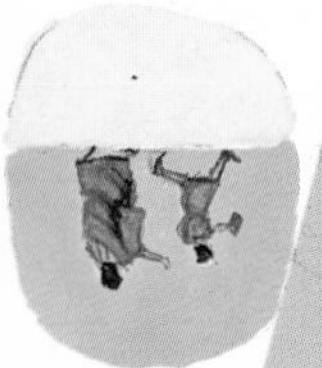

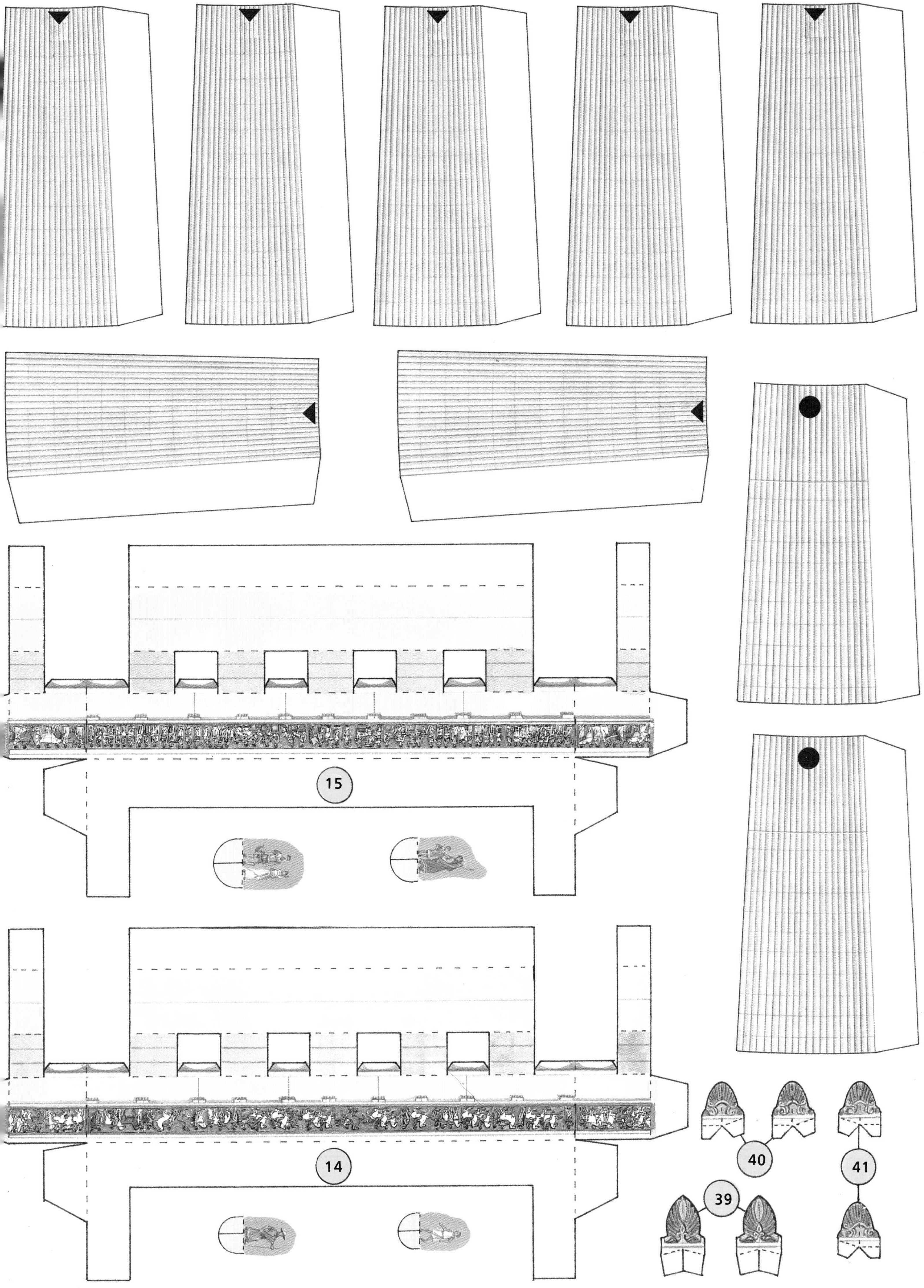
15
14
40
41
39

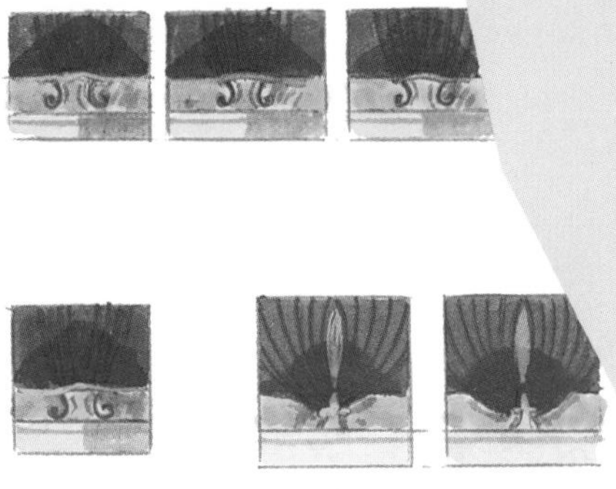

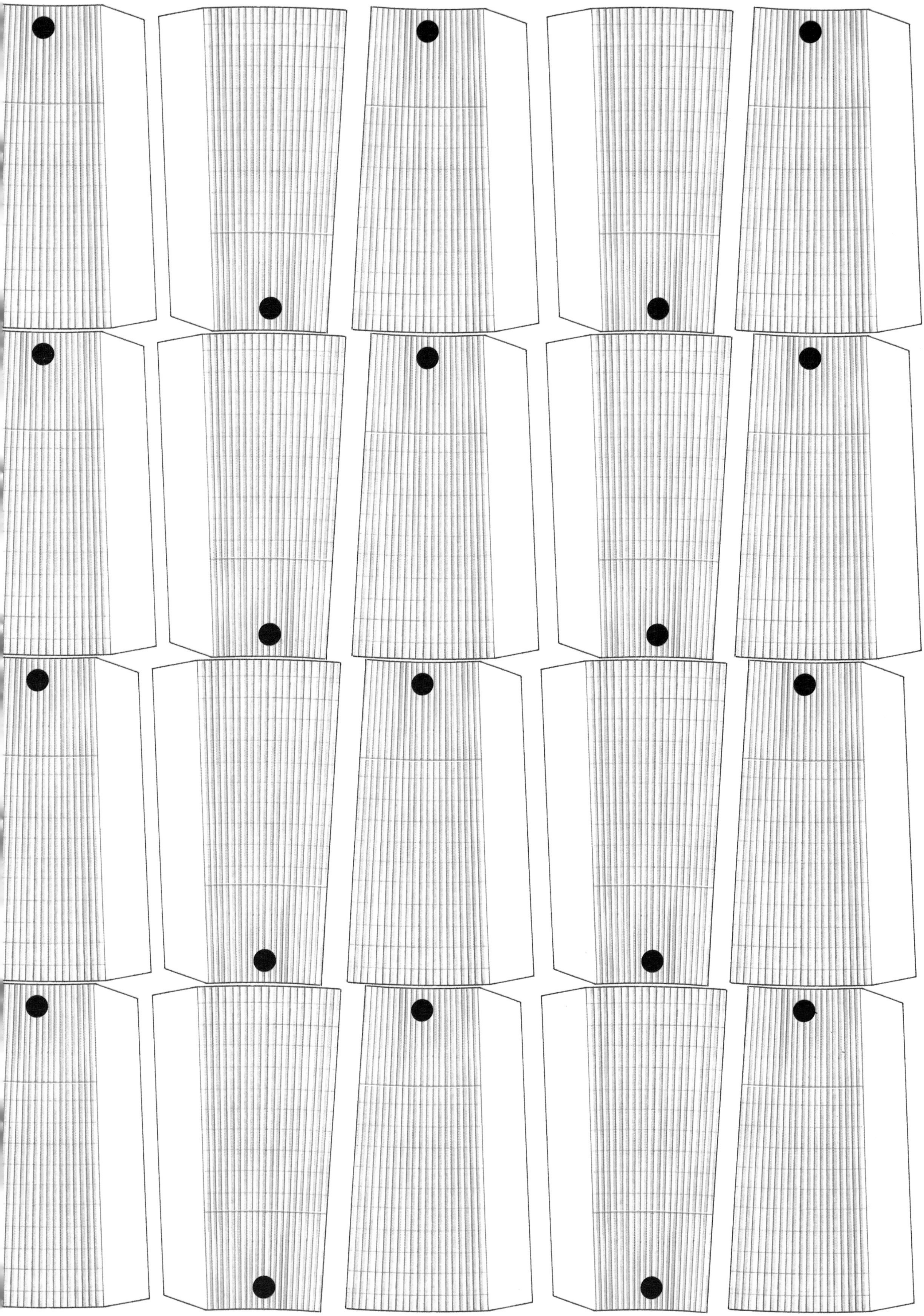

26